LAMBTON COUNTY LIBRARY

2 0210 00756672 3

DATE DUE

	DATE DUE	

D1294131

SA MR

© 2004, l'école des loisirs, Paris
Loi numéro 49 956 du 16 juillet 1949 sur les publications
destinées à la jeunesse : septembre 2004
Dépôt légal : novembre 2005
Imprimé en France par Mame Imprimeur à Tours

Olga Lecaye

Léo Corbeau et Gaspard Renard

WITHDRAWN

l'école des loisirs

11, rue de Sèvres, Paris 6ᵉ

LAMBTON COUNTY LIBRARY, WYOMING, ONTARIO

Léo Corbeau rencontre un petit renard dans la forêt.

« Comment tu t'appelles ? »

« Gaspard Renard, et toi ? »

« Léo Corbeau. »

« Tu veux jouer au ballon avec moi ? » demande le renard.

« D'accord », dit Léo, « je vais juste prévenir mon grand-père. »

« Grand-père, je vais jouer au ballon
avec Gaspard Renard, tu veux bien ? »

« Gaspard Renard ? Ah non, pas question ! » dit grand-père Corbeau.

« Je me suis disputé très fort avec son grand-père.

C'est un filou. À cause de lui, tout le monde s'est moqué de moi.

C'est une histoire qui a même été racontée dans les livres.

Regarde, là, tu vois ? C'est moi. Ce jour-là, j'avais trouvé

un magnifique fromage, et ce filou de Renard me l'a volé. »

Mais Léo n'écoute plus. Il est déjà parti.

« Mon grand-père ne veut pas qu'on joue ensemble », dit Léo
à Gaspard. « Il dit qu'il est fâché contre ton grand-père. »
« Ah bon ? » dit Gaspard. « Je vais demander à mon grand-père.
Attends-moi, je reviens tout de suite. »

« Grand-père, pourquoi le grand-père de Léo Corbeau
ne veut pas que je joue avec lui ? »
« Ah, ce vieux Corbeau, hi hi ! Il est toujours fâché contre moi.
C'est vrai que je me suis bien moqué de lui. Et son fromage
était délicieux. »
Gaspard ne veut pas en entendre plus.

Il part retrouver Léo.
Mais tout à coup, un grand vent se lève.
C'est la tempête.

La pluie se met à tomber si fort
que Léo et Gaspard sont complètement trempés.
« Allons vite chez moi ! » crie Léo. « Vite ! Vite ! »

« Grand-père, je suis avec Gaspard.
Est-ce qu'on peut rentrer se sécher ?
On est trempés. »

« Allons », soupire grand-père Corbeau,
« puisque c'est comme ça… faisons plutôt
des gâteaux. »

Dehors, le ciel s'est encore assombri.
La pluie recommence à tomber et l'orage gronde.
Grand-père Renard met son grand manteau de pluie
et son grand chapeau.
« Je vais aller voir ce que devient mon petit-fils »,
dit-il à la gouvernante.

Dans la cuisine de grand-père Corbeau, tout le monde travaille,
quand tout à coup… BRRROUMM BADABOUM…
un terrible coup de tonnerre fait trembler la maison.
Tout s'éteint. C'est l'épouvante !

Léo essaie de voir ce qui se passe dehors.
Il aperçoit la silhouette de grand-père Renard,
avec son grand chapeau et son grand manteau,
et ses yeux luisant dans le noir.
Que vient-il faire ici par ce temps ?

À cet instant, la porte s'ouvre. La lumière revient
et grand-père Renard fait un grand salut :
« Eh, bonjour, Monsieur du Corbeau, que vous êtes joli,
que vous me semblez beau ! Sans mentir… »

« Assez, Monsieur du Renard, assez !
Je n'ai pas de fromage à vous proposer aujourd'hui,
mais je crois que mes biscuits ne sont pas mauvais.
Si vous voulez me faire le plaisir d'y goûter … »

Grand-père Renard, honteux et confus,
s'installe devant un bon café tandis que Gaspard et Léo
s'en vont jouer dans la chambre.
Depuis ce jour, grand-père Corbeau et grand-père Renard
sont de très bons amis. Même s'ils se disputent encore parfois
à propos de cette vieille histoire de fromage…